내 눈에 무지개가 떴다

함민복 동시집 송선옥 그림

사□계절

산자락에 붙어 있는 집에 살고 있습니다. 집에 탁구대 두 개를 합쳐 놓은 것만 한 작은 연못이 있습니다. 시멘트로 만든 사각 연못인데 늘 바쁩니다.

봄이면 붕어와 산에서 내려온 두꺼비가 물에 잠긴 노랑 꽃창포 대에 알을 낳아 붙여 놓습니다. 붕어 알은 오글오글 모여 있고 두꺼비 알은 길게 목걸이 줄처럼 연결되어 있습니다.

여름에는, 하루에 필요한 햇볕의 양이 정해져 있는지 흐린 날은 하루 종일 피어 있고 맑은 날은 한나절만 피는 수련 꽃송이가 탐스럽습니다. 소나기가 내리면 수련 잎에 앉아 있던 참개구리들이 참방거리며 죽을 둥 살 둥 연못을 탈출합니다.

가을에는 사각형이 궁금해 놀러 오는지 둥근 달이 연못에 자주 빠집니다. 달은 바람에 이는 물결에 어룽어룽대며

춤을 추기도 합니다. 정신없이 춤을 추다 보면 보름달이 반달이 되기도 하고 하현달이 상현달이 되기도 합니다.

겨울에는 얼음이 찾아오고 연못은 조용히 움직입니다. 빗방울이 떨어질 때나 붕어가 뻐끔뻐끔 숨을 쉴 때나 항상 동그랗게 쓰이던 물나라 글씨도 방학입니다. 얇게 언 얼음 판 위를 고양이가 조심조심 걸어 들어가 작은 혓바닥으로 얼음을 핥습니다. 뿌지직— 얼음에 금 가는 소리에, 연못에 쓰이는 직선 글씨에 몸을 낮춘 고양이 눈동자가 더 동그래집니다.

마음속에도 연못이 있습니다. 동심이 파 놓은 연못입니다. 부드럽고 따뜻한 설렘과 푸른 호기심이 늘 출렁거립니다. 그 투명한 연못이 비춰 준 무지갯빛 생각의 춤들을 여기 시로 옮겨 보았습니다.

시에 그림을 그려 주신 송선옥 님, 해설을 써 주신 우경숙 님, 따뜻한 마음으로 시집을 만들어 주신 최경후 님을 비롯한 사계절출판사 편집부, 모두 고맙습니다.

함민복

1부

비밀은 깜깜

나도 몰래

웃고 있는 아기를 보면
따라 미소가 번지고
울고 있는 할머니를 보면
따라 눈물이 나고
하품하는 아저씨를 보면
따라 입이 벌어진다

웃음, 울음, 하품은
금세 사람들과 나를 연결해 주는
보이지 않는 신기한
끈인가 보다

강아지 산책

집 나설 땐
사뿐사뿐
나를 끌고 나가더니

집으로 돌아올 땐
터벅터벅
나에게 끌려온다

참새 발가락

참새가 복숭아나무
잔가지에 앉아 운다

가지가
회창회창

살금살금 다가가
참새를 본다

나뭇가지를 움켜잡고 있는
참새의 가느다란 발가락들

복숭아나무 잔가지가
오히려 너무 굵다

소리 당번

춥고
어둡고
고요한
겨울밤
산에
바람 소리
고라니 소리
다 어디 가고
부엉~
부엉이
혼자
부엉~
울며
소리를
지킨다

꽃들의 비밀

이렇게 향긋한 매화꽃이
어떻게 시큼시큼한
매실을 품고 있는지

요렇게 보드라운 복숭아꽃이
그렇게 까끌까끌 가려운
복숭아털을 어디에다 숨기고 있는지

저렇게 가볍고 작은 배꽃이
어떻게 무겁고 커다란
배를 간직하고 있는지

환하게 불을 켜 놓은 꽃 속을
아무리 들여다보아도
비밀은 깜깜

고양이와 연못

사방에 하얗게 눈이 쌓여 있어
강아지는 덥석덥석 눈을 베어 먹는데
고양이는 연못을 찾아와 얼음을 핥는다

고양이가 얼음을 핥은 자국
고양이 혓바닥 자국
아기 약숟가락처럼 작고 귀엽다

고양이는 부드러운 눈보다
딱딱한 얼음을 좋아하나 보다

아니, 얼음장 아래 갇힌
금붕어들 숨이 막혀 죽을까 걱정되어
숨구멍을 뚫어 주려 했었나 보다

한곳만을 반복해 핥다 간
고양이 혓바닥 자국
옴폭!

소방차

왜요~
왜요~

사이렌 소리도 없이
소방차가 달린다

건물 하나 없는
들판을 달린다

방화복을 입지 않은 소방관들이
갈라진 논바닥 위로 물을 뿌린다

그제야 가뭄에 속이 까맣게 탄
농부의 마음이 좀 푸르러진다

바람은

풀과 나무들의 우편배달부
풀과 나무들의 소리와 향기를
풀과 나무들의 친구들에게 전해 주는
바람은 식물들의 우편배달부

어떤 날은 주소지를 잘못 찾았는지
아니면 나를 생각하는 풀과 나무가 어딘가에 있는지
내 방으로 국화꽃 향기가 배달되고
참나무 흔들리는 소리가 오래도록 들려오기도 한다

급하게 전할 소리편지가 있는 날은 빨리 불고
우편물이 많은 날은 밤새워 불고
편지 내용에 따라 따뜻한 바람 차가운 바람 불다가
식물들이 조용한 날은 바람우체국이 쉬는 날

와락, 엄마 위로하기

아들, 미안!
고속 열차 예매하는 걸 깜빡했어
엄마가 바빠서

역방향만 남았네
차멀미 나면 어쩌지
좀 불편해도 참을 수 있지?

엄마, 모든 열차는 다
역→방향으로 가는 거야
항상, 나→인호를 향하는 엄마 마음처럼

엄마가 나를
와락,
껴안아 주었다

대나무

나는 나이테 일기를 쓰지 않아
그것은 지나간 것이야
없는 것이야
빈 것이야

대나무가
시험 잘 못 본 나를 위로한다

내 눈에 무지개가 떴다

너랑 산책하던
이 길에

토끼풀도 있고
돼지풀도 있고
강아지풀도 있다

무지개다리 건너간
너만 이제 없다

앞서 걷다 뒤돌아보던
네 눈동자 어디로 간 거니!

2부

가두고
갇혀 있고
들어가고

저울은 잘못이 없다

살이 왕창 빠졌으면 하는 아빠가
살짝,
저울에 올라갔다 내려오며
어, 저울이 잘못됐나
그대로네!

살이 좀 쪘으면 하는 엄마가
꾸욱,
저울에 올라갔다 내려오며
어, 저울이 잘못됐나
그대로네!

착한 핑계

너, 왜 유리창 청소 안 했어?
너무 깨끗하면 참새가 부딪혀 죽을 것 같아서요!

번개

번쩍
움찔

(거짓말들)
(죽인 벌레들)

우르릉
꽝

빠지직—
콰광.

아이쿠!
휴우—

된통 마음 검사하는
번개

홍매화

아빠가, 우리 집의 환한 꽃등
홍매화 나뭇가지를 자른다
여름에 강한 바람이 불어올 때
가지가 휘어지며 집으로 들어오는
컴퓨터 통신선을 끊어 버릴까 걱정된단다

홍매화가, 통신 하면 나 아니냐고
눈 내리는 겨울에 벌써 봄소식을 전하며
빨갛게 피어나는 나 아니냐고
컴퓨터에 밀려 이렇게 가지를 잘려야 하냐고
자존심 상하고 섭섭하다고 바람에 운다

아빠가, 잘못했다고 미안하다고 힘이 좀 들더라도
통신선 들어오는 자리를 옮겨 보겠다고
혼자 고개를 끄덕이며
우리 동네의 환한 꽃등
홍매화 나무를 안아 준다

주걱과 미끄럼틀

더워
강아지가 혀를 길게 내밀고 있다

네 혀가 주걱을 닮았구나
주걱.

맞아요
우리는 혀가 밥 먹는 주걱이지요

사람들 혀는 미끄럼틀을 닮았어요
미끄럼틀.

맞지요?
말이 쏜살같이 미끄러져 나오잖아요

안 돼!
기다려!

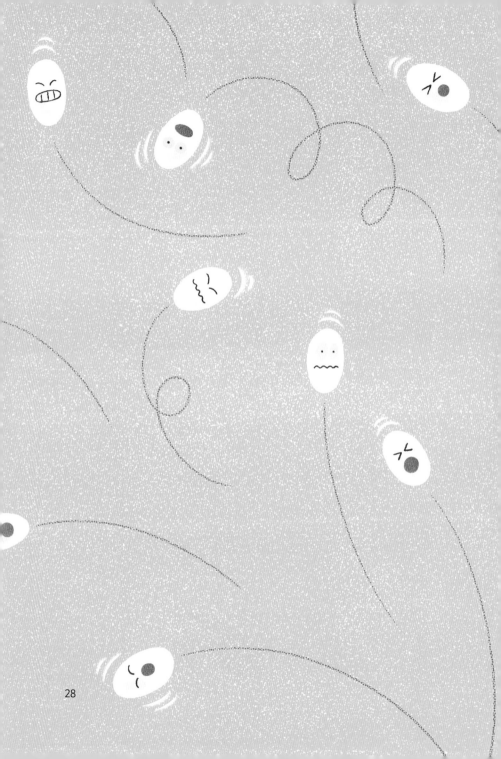

튀밥

뻥!
몸이 부풀고
가벼워져
얼마나 놀랐을까

하얗게
질려
매끄럽던 살갗이
까슬까슬

손바닥에 올린
튀밥을 먹으려
입 다물 때 나오는
콧바람에도

폴싹!
흩어지며
도망치는 것 보면
아직도 무섭나 보다

냉장고 문 빨리 닫아라!

냉장고 속은 늘 겨울이다

겨울 속에 봄 냉이를 가두고
겨울 속에 여름 수박을 가두고
겨울 속에 가을 사과를 가두고
겨울 속에 겨울 동치미를 가둔다

더 큰 세상으로 나와 냉장고를 보면

냉장고는 봄 아지랑이에 갇혀 있고
냉장고는 여름 무더위에 갇혀 있고
냉장고는 가을 풀벌레 소리에 갇혀 있고
냉장고는 겨울 추위에 갇혀 있다

냉장고 문을 빨리 닫지 않으면

겨울 속으로 가물가물 아지랑이가 들어가고
겨울 속으로 후텁지근한 무더위가 들어가고
겨울 속으로 쓸쓸한 풀벌레 소리가 들어가고
겨울 속으로 덜덜덜 추위도 들어가

엄마 목소리도 찬 겨울이 된다

인형

국화꽃 모양 빵을 먹을 때보다
붕어 모양 빵을 먹을 때
조금 더 미안한 마음이 든다

곰 인형
물개 인형은
귀여워 껴안아 주고 싶지만

돌하르방 모양, 사람 모양
과자나 초콜릿은
먹기 찜찜한데 왜 만드는 걸까?

게임

너, 또, 뭐, 죽이는 게임 하지
당장, 꺼!
공부하러 갈 시간 됐잖아

(캐릭터를 살리려고 방어했을 뿐인데
게임에서 이기려고 공격했을 뿐인데)

딸칵,
이 세상에서 살아남기 위해
하나의 캐릭터가 되어
게임 속 같은 학원 문을 연다

버스의 꿈

이마에 번호를 이름표처럼 달고
어제 만났던 사람들을 또 만나며
붉은 신호등 푸른 신호등의 지시를 따르며
매일 같은 길을 왔다 갔다 하는 버스들

꿈속에서는 정해진 길을 벗어나
신나게 달려 보지 않을까
달려 보다가 깜짝 놀라
끼익— 꿈을 깨지는 않을까

밤새 눈 내린 아침

키보다 큰 빗자루를 들고
눈을 쓴다
눈길을 쓴다
길을 쓴다

작년에 눈 쓸 때 쓸고
일 년 내내 쓴 적이 없는
마을 들머리 길을
동네 사람들 모여
넉가래로 밀고
빗자루로 함께 쓴다

길에게 미안하고
눈에게 고맙다

3부

울음 지고
피어나자

혼자 집을 보며

엄마 하고 부르면
마음이 푸근해지고
아빠 하고 부르면
마음이 든든해지네
엄마는 나를 부르며
무슨 마음이 들까
아빠는 나를 부르며
무슨 마음이 들까
사과나무에는 붉은
사과가 주렁주렁
혼자 집을 보면
생각이 주렁주렁

질문 속 답

너는 특기가 뭐니
구름아

너도 원하는 게 많니
바람아

너는 무슨 맛이니
달아

너도 잠이 많니
잠자리야

바람의 발

바람은 바람은
발이 많은가 봐

저 산에 저리 많은
나뭇잎 신발

반짝반짝
다 신어 보고 가네

꽃비와 빗꽃

꽃잎이 쏟아집니다
나무 아래로
꽃비가 내립니다

빗방울이 쏟아집니다
물 위로
빗꽃이 피어납니다

바쁘다 바빠

앞으로나란히 하고
달려가는 지게차

열중쉬어 자세로
뛰어가는 까치

미리 만세 부르며
싸우는 꽃게

쉿! 입 꾹 다물고 나무 쪼며
딱딱딱 소리 내는 딱따구리

허리

잘록
모래시계의 허리를 졸라도 술술 흐르는 시간

잘록
허리를 졸리고도 뚱땅뚱땅 신바람 나는 장구

잘록
끊어질 듯 허리를 졸라매고 곰바지런한 개미

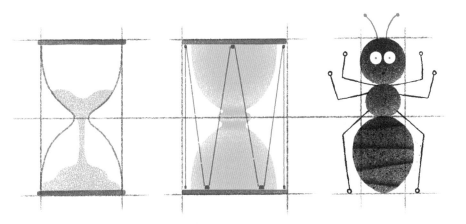

거울 2

매일 남만 비춰 주는 거울에게
거울을 한번 보여 줬다

거울 속에 거울
거울 속 거울에 또 거울
그 거울 속에 또 거울
거울 속에 거울이 끝없이 펼쳐졌다

거울은 참 많이
거울이 보고 싶었나 보다

지구 이불

여름에 눅눅한 물기 한 켜

가을에 바스락 낙엽 한 켜

겨울에 뽀드득 눈밭 한 켜

봄에는 촉촉한 꽃잎 한 켜

나팔꽃

나팔―꽃
나팔―꽃

아무리 귀 기울여 봐도
소리 나지 않는

나팔
나팔

아니
아니

보라―색
보라―색

색깔로
색깔로

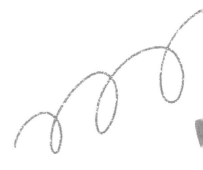

예쁘게 울고 있는
나팔꽃

꽃 앞에서

꽃 앞에 서면
누구나

환한 미소
설레는 마음

'자, 나 따라 웃어 보세요
하나, 둘, 셋!'

카메라 든 사진사처럼
말하는 꽃

깜박
눈을 감기도 하는 사람들

새 식구

무지개다리 건너간 네가
어느 날 다시 돌아올 것만 같아
치우지 못한 네 집에
길고양이 두 마리가 들어와 산다

네 밥그릇이 고양이 밥그릇이 되고
네 물그릇은 고양이 물그릇이 되고
멍멍멍 대신 야옹야옹 소리가 나고
네 집이 고스란히 고양이 집이 되었다

까치랑 참새랑도 밥을 나눠 먹던
착해 빠진 네가 벌써 허락한 거겠지
떠난 너는 이제 까맣게 잊으라고
하얀 네가 까만 친구들을 보내 준 거겠지

몰라

몰라 또
떠올라
마음 울라
너무 슬퍼
울다 말라
또 몰라

환한 가을

쓰르라미
쓰르라미

울음지고

맨드라미
맨드라미

피어나자

귀뚜라미
귀뚜라미

울음울어

동그라미
동그라미

등불단감

은행나무

은행나무가 아니면
늦가을 단풍 잔치에
누가 노란색 반장을 맡나

은행나무들 노란
노란 은행나무들

여기저기서
나도 은행나무라고
나도 같은 옷을 입었다고

불쑥불쑥 나타나
노란 노란
가을

4부

째-각 째-각,
우리 간다

기차 발자국

기차야 너는
달리는 길이 너무 딱딱해
발자국이 없구나

아냐 우리는 달리는 소리가,
기적이 발자국이야
우리 발자국은 사람들 귓바퀴에 찍히지

장마

비가 자꾸 오고
허공에 보이지 않던 거미줄이 보여요

빗물에 거미줄의 끈끈한 힘 다 씻겨 나가
오늘도 휴업이라고

거미가 거미줄에 미운 빗방울만
조롱조롱 잡아 놓았어요

발뒤꿈치

발뒤꿈치는
신발 신기가 싫은가 봐요

신발을 신을 때마다 늘 뒤로 빼
꼴찌로 신발을 신잖아요

새로 산 운동화 뒤축과 다투다가
깨물려 피를 흘리기도 하고요

슬리퍼를 신고 나서는
나는 아직 맨발이라고 표정이 밝지요

구두를 신을 때는 안 신겠다고 떼를 쓰다가
구둣주걱 미끄럼틀을 놔 줘야 마지못해 들어가지요

발뒤꿈치는
맨발이 좋은 아기인가 봐요

숨바꼭질

깜빡, 차에 두고 내렸나
엄마가 전화를 받지 않는다

하필, 잠바 벗어 놓고
공놀이할 때 전화가 왔었네

내가 걸면 엄마가 못 받고
엄마가 걸면 내가 못 받고

엄마가 나를 찾는 시간과
내가 엄마를 찾는 시간이

또 어긋난다 시간도
숨바꼭질을 하나 보다

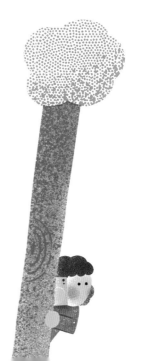

쌀과 빵

먹고 나면 방귀가
살살 나와 쌀일까

먹고 나면 방귀가
빵빵 나와 빵일까

궁금해 동물원을 찾아가
방귀 선생 스컹크에게 물으니

자기는 독한 냄새 전문이라
소리에 대해선 모른다며

살~ 살~ 빵— 빵— 방귀가 나오나
쌀과 빵을 한꺼번에 먹어 보란다

세월의 시계

애 좀 봐!
애가 벌써 이렇게 컸어
너, 둘째 딸 영지 맞지!
세상에, 야, 세월 참 빠르다

누군지 기억나지 않는 먼 친척들이
영지의 머리를 쓰다듬고
졸지에 세월의 시계가 된
영지는 마냥, 어리둥절하다

(사실, 영지는 자기 반에서
키가 작은 편에 속했고
키가 빨리 크지 않아
끙끙 고민 중이었다)

시계 소리

비밀 하나 알려 줄까
시계들은 워낙
짹. 짹. 짹.
소리를 내며
내일을 향해
앞으로 가게 되어 있대

그런데 말이야
지난 일이 아쉬워
지나온 시간 속으로
되돌아가고 싶은 사람들 마음이
잠깐만, 잠깐만 하며
초침의 발길을 붙잡아
째―각, 째―각, 째―각
발자국 소리를 내며 갈 수밖에 없대

두더지

그늘은 어둠보다 밝으니까
환함 편 같기도 하고

그늘은 환함보다 어두우니까
어둠 편 같기도 하고

헷갈리지만 그늘이 만들어 준 길이 있어
땅 위로 먹이 사냥을 나올 수도 있으니

그늘은
분명 내 편!

똥탑

네 몸을 나오자마자
깨끗한 물에 몸을 씻는 건
너를 더럽게 생각해서가 아냐

이제 너를 떠나 새로운 세계
흙으로 돌아가야 하잖아
그래서 몸단장을 좀 했어

사실, 우리를 똥이라고 부르는 너의 몸은
우리 음식물들이 오랫동안 누운 똥이야
우리가 소중한 목숨을 바쳐 쌓은 탑이야

똥탑아!
조심조심 착하게 잘 살아
우리 간다

오징어

오징어들은 바닷속
원통형 화살표
어딜 가리키고 있는 걸까

쓸데없이 다가와 자기를 해치지 말고
어디 딴 곳으로 가 보라고
화살표로 잔꾀를 부리는 걸까

그러나저러나
화살표가 움직이고
화살표가 많아
바닷속 물고기들 어쩌나

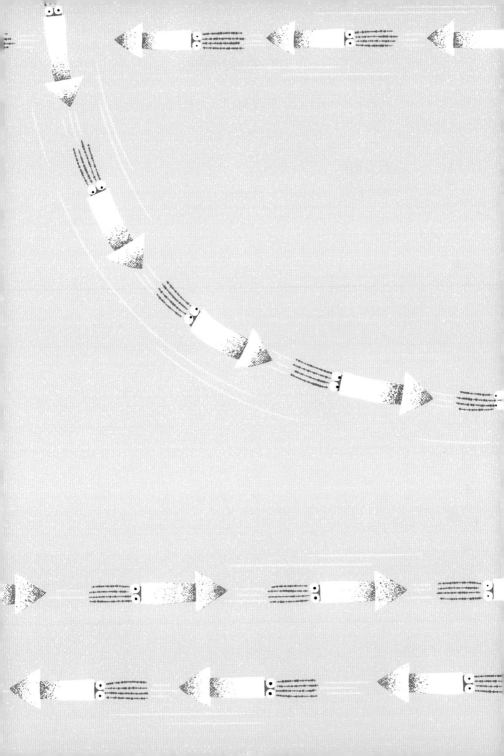

징검다리

내 생일은 징검다리 돌
간격이 너무 멀어
기다리고 기다리다
퐁당 시간에 빠져 버리겠다

엄마, 아빠 생일
동생, 친구 생일
강아지, 고양이 생일
학교, 나라 생일

하루마다 생일
촘촘 태양
한 달마다 생일
경중경중 보름달

다른 생일들이 없다면
내 생일은 건너뛸 수 없는
너 무 나 먼
징검다리 돌

해설
마음이 다니는 길

우경숙(아동문학 평론가)

선한 이는 무엇을 볼까

함민복의 동시는 질문을 남긴다. 어떻게 사는 게 좋은 삶일까. 좋은 언어는 마음을 치유할 수 있을까. 완전한 상실 속에서도 우리는 희망을 기를 수 있을까. 질문을 얻은 것만으로 충만해진다. 우리 삶은 수많은 관계 속에 존재한다. 함민복 시인의 동시를 읽으면 세계를 관계 속에서 바라보게 된다. 그의 시가 삶을 "참으로 선하게 살기 위해" "세계에 대한 우리의 의무를 다하는 법"(『호모 에티쿠스』, 김상봉, 한길사, 1999)을 찾아 걸어왔기 때문이다.

선한 이는 자신의 삶이 다른 이들의 삶과 유기적으로 연결되었다고 믿으며 살아간다. 어쩌면 선함은 다른 이의

처지가 눈에 선하게 보이는 상태, 즉 타자의 세계를 공감
할 수 있는 능력과도 통하는 게 아닐까. 그런 까닭에 '선하
다'(善하다. 올바르고 착하여 도덕적 기준에 맞는 데가 있다.)라는
덕성은 '선하다'(잊히지 않고 눈앞에 생생하게 보이는 듯하다.)라
는 말과 닮았는지도 모른다.

　　사방에 하얗게 눈이 쌓여 있어
　　강아지는 덥석덥석 눈을 베어 먹는데
　　고양이는 연못을 찾아와 얼음을 핥는다

　　고양이가 얼음을 핥은 자국
　　고양이 혓바닥 자국
　　아기 약숟가락처럼 작고 귀엽다

　　고양이는 부드러운 눈보다
　　딱딱한 얼음을 좋아하나 보다

　　아니, 얼음장 아래 갇힌
　　금붕어들 숨이 막혀 죽을까 걱정되어
　　숨구멍을 뚫어 주려 했었나 보다

　　한곳만을 반복해 핥다 간

고양이 혓바닥 자국
옴폭!

—「고양이와 연못」전문

매서운 얼음장 위에서 고양이는 무엇을 볼까. 고양이는
연못에서 평안했던 금붕어가 지금 얼마나 고통스러울지 눈
에 선하다. 그래서 타자인 금붕어들의 안녕(安寧)을 바라며
행동한다. 그 작은 혓바닥으로 계속 얼음을 핥는다. 시인은
고양이가 얼음을 핥는 행동을 금붕어들을 구하려는 선한
의지로 읽는다. 매킨타이어에 따르면 삶은 "서사적 자아"
의 이야기이며 "무엇을 해야 할지를 묻기 전에, 당신이 어
떤 이야기 속 주인공으로 살아가는지부터 고민하라"(『덕의
상실』, 알래스데어 매킨타이어, 문예출판사, 2021)고 한다. 함민
복 시인의 동시는 내 삶의 이야기가 다른 사람들의 이야기
와 이어져 있다는 성찰을 준다.

타자의 존재를 긍정하는 마음

엄마, 아빠 생일
동생, 친구 생일

강아지, 고양이 생일
학교, 나라 생일

(…)

다른 생일들이 없다면
내 생일은 건너뛸 수 없는
너   무   나   먼
징검다리 돌

— 「징검다리」 부분

　서로의 존재에 기대어 사는 나는 "징검다리 돌"일까? 돌
들은 각자의 자리를 지키고 있지만 실은 이어진 길이다. 만
일 우주가 나를 중심으로 돈다면 일 년 중 기쁜 날은 내 생
일뿐. 그러나 내 이야기의 시야를 넓혀 보면 기쁜 날은 징
검다리처럼 이어진다. 내 이야기 속에는 타자의 이야기도
들어 있는 까닭이다. 나의 생일이 부모님께도 그분들 이야
기에서 중요한 부분인 것처럼. 우리는 다른 누구의 이야기
에서 일부를 이루는 존재들이다.
　먼 길을 가려는 이에게는 삶을 긍정하고, 타자의 존재를
긍정하는 마음이 힘이 된다. 두더지는 "환함"과 "어둠"(「두

더지)의 사이에 그늘이 있어서 고맙다. 두더지에게는 "그늘이 만들어 준 길이 있어/ 땅 위로 먹이 사냥을 나올 수도" 있으니까. 두더지는 "그늘은/ 분명 내 편!"이라고 긍정한다. 그 힘으로 길을 만들 것이다.

> 웃고 있는 아기를 보면
> 따라 미소가 번지고
> 울고 있는 할머니를 보면
> 따라 눈물이 나고
> 하품하는 아저씨를 보면
> 따라 입이 벌어진다

> ─「나도 몰래」 부분

사람들 곁에 있으면 거울 효과처럼 서로 간에 정서 반응이 전파된다. "미소", "눈물", "하품"은 내 쪽에서 다른 이에게로, 다른 이에게서 내 쪽으로 옮겨 오기도 한다. 내 말과 행동이 다른 이에게 미칠 영향을 생각하면 세심한 배려가 필요하다. '섬기다'와 '삼가다'라는 말은 한 몸처럼 여겨진다. 남을 섬기기 위해 내 몸가짐이나 언행을 삼가야 하니 말이다. 「징검다리」와 「나도 몰래」는 사회적 존재로서 관계의 윤리를 담고 있다.

세상을 윤리적 시선으로 보면 어떻게 달리 보일까. "작년
에 눈 쓸 때 쓸고/ 일 년 내내 쓴 적이 없는"(「밤새 눈 내린 아
침」) 길에 눈이 내렸다. 마을 사람들이 드나드는 길이니까
아침부터 모여서 눈을 쓴다. 아무도 몰라주어도 묵묵히 애
써 준 길이 있고, 미안함을 일깨워 주는 눈이 있다. 내 마음
의 길도 이렇게 다닐 만한지 살펴야겠다. 다행이다. 쓸수록
정갈해지는 길이 있어서.

질문하는 시

기차야 너는
달리는 길이 너무 딱딱해
발자국이 없구나

아냐 우리는 달리는 소리가,
기적이 발자국이야
우리 발자국은 사람들 귓바퀴에 찍히지

—「기차 발자국」 전문

「기차 발자국」은 우리의 굳어진 인식에 틈을 내는 작품이

다. 발자국은 바닥에 찍히니까 의미가 명확하다. 그런데 기차는 소리가 자기 발자국이라고 말한다. 소리는 사람들에게 저절로 들리겠지만 듣는 사람이 어떻게 수용하느냐에 따라 그 의미가 달라진다. 누군가에게는 반가운 소식이나 그리운 추억, 어쩌면 후련한 출발의 신호일지도 모른다. 발자국이 현실 세계의 반영이라면, 소리는 시의 세계일까 음미해 본다. "노래는 곡선이다"(『노래는 최선을 다해 곡선이다』, 함민복, 문학동네, 2019)가 그러한 것처럼 시에 관한 시로 읽힌다.

네 몸을 나오자마자
깨끗한 물에 몸을 씻는 건
너를 더럽게 생각해서가 아냐

이제 너를 떠나 새로운 세계
흙으로 돌아가야 하잖아
그래서 몸단장을 좀 했어

사실, 우리를 똥이라고 부르는 너의 몸은
우리 음식물들이 오랫동안 누운 똥이야
우리가 소중한 목숨을 바쳐 쌓은 탑이야

똥탑아!
조심조심 착하게 잘 살아
우리 간다

―「똥탑」 전문

　똥이 떠나며 작별 인사를 남겼다. 현대 사회에서 사람들
은 수고 없이 음식물을 풍족하게 누리는 까닭에 우리가 음
식물을 제공해 준 뭇 생명에 의지해서 산다는 걸 잊기 쉽
다. 한때 음식물이었던 너는 나를 "똥탑"이라 부른다. 내
몸이 음식물들의 소중한 목숨이 쌓아 올린 탑이니 "조심조
심 착하게 잘 살"라는 윤리적 시선이 담겼다. 나의 몸과 마
음을 조심(操心)*하며 돌보고, 똥들과 똥탑들을 조심스레 아
끼며 살라고 당부한다.
　아포리즘은 단순하고 오래가는 메시지다. "사람들 혀는
미끄럼틀을 닮"(「주걱과 미끄럼틀」)아서 "말이 쏜살같이 미끄
러져 나오"니 말을 조심히 다루자. "나는 나이테 일기를 쓰
지 않아/ 그것은 지나간 것이야"라는 「대나무」의 말은 오늘

＊　조(操)라는 글자는 왼편에 손. 오른편에 세 개의 입. 그 아래에 나무로 이루어져
　　있다. 모양을 따라 읽으면 '손으로 나무 위에 있는 새를 잡는다'는 뜻이라 한다. 조
　　심(操心)이란 "손으로 새를 쥐는 마음"(『인생의 역사』, 신형철, 난다, 2022)이라 읽는
　　시선에 공감이 간다.

의 마음을 위로한다. 혹여 나이테와 일기에 들었을지 모를 아픔을 잘 떠나보내라 다독여 준다. 상처는 "지나간 것이 야/ 없는 것이야/ 빈 것이야"라고 하면서 오늘을 다정하게 안아 주라는 듯이.

그런가 하면 "꽃비가 내립니다", "빗꽃이 피어납니다"(『꽃비와 빗꽃』)에서는 말이 가진 의미와 음악성이 아름답게 빚어졌다. 비+꽃은 '내리다'와 '피어나다'라는 뜻이 모여 이룬 말이다. 시인의 시선은 쏟아져 내리는 꽃잎과 빗방울이 바닥을 만나 새롭게 피어나는 이야기를 보았다. 꽃잎과 빗방울은 저를 꽃피우려는 주인공이니까 바닥을 두드리는 노래를 들어 봐야겠다.

너는 나에게 무엇을 일깨운 걸까

함민복 시인은 묻는다. 너는 어떤 이야기 속 주인공으로 살고 싶냐고. 기적 소리는 길을 새롭게 하며 달려가고(『기차 발자국』), 자연은 피고 지는 아름다움을 구별 짓지 않으며(『꽃비와 빗꽃』), 생명은 그늘을 긍정하며 나아갈 때(『두더지』) 내 마음이 다니는 길을 조심스레 돌아본다. 함민복 시인의 동시는 침묵 속에서 나를 위로하고 너에 대한 윤리를 지켜 왔다. 부재하는 너는 나에게 어떤 의미일까.

너랑 산책하던
이 길에

토끼풀도 있고
돼지풀도 있고
강아지풀도 있다

무지개다리 건너간
너만 이제 없다

앞서 걷다 뒤돌아보던
네 눈동자 어디로 간 거니!

— 「내 눈에 무지개가 떴다」 전문

위로가 필요한 순간이 있다. 그럴 때 쓸쓸함은 어떻게 위로할 수 있을까. 「내 눈에 무지개가 떴다」, 「새 식구」에는 이제 없는 너를 부르는 소리가 들린다. 없는 너를 생각할 때 침묵의 세계가 열린다. 도대체 너는 나에게 무엇을 일깨운 걸까. 네가 "무지개다리 건너간" 이후에도 네가 있어 생겨난 이야기가 온다. 사랑과 슬픔의 정서를 예술적으로 체득할 때 우리의 내면은 깊어질지 모른다.

네가 준 기쁨 덕에 나는 비극적 세계 속에서도 기뻐하는
법을 배운다. "착해 빠진" 너라면 이랬겠지 헤아리면서. 너
의 의미는 내 삶의 이야기에서 점점 각별해진다. 어쩌면 너
는 침묵 속에서도 나와 이어져 있을까. 오늘도 이 길에서
너를 부른다. 삶은 언제까지나 시를 통해 새롭게 기억될 테
니까.

　　무지개다리 건너간 네가
　　어느 날 다시 돌아올 것만 같아
　　치우지 못한 네 집에
　　길고양이 두 마리가 들어와 산다

　　네 밥그릇이 고양이 밥그릇이 되고
　　네 물그릇은 고양이 물그릇이 되고
　　멍멍멍 대신 야옹야옹 소리가 나고
　　네 집이 고스란히 고양이 집이 되었다

까치랑 참새랑도 밥을 나눠 먹던
착해 빠진 네가 벌써 허락한 거겠지
떠난 너는 이제 까맣게 잊으라고
하얀 네가 까만 친구들을 보내 준 거겠지

—「새 식구」전문

지은이 **함민복** 충북 충주에서 태어나 서울예술대학 문예창작과 재학 중 『아동문학평론』과 『세계의 문학』으로 등단했습니다. 지금은 강화도에 머물며 계속해서 시를 쓰고 있습니다. 그동안 동시집 『바닷물 에고, 짜다』『노래는 최선을 다해 곡선이다』『날아라, 교실』(공저), 시집 『우울씨의 일일』『자본주의의 약속』『모든 경계에는 꽃이 핀다』『말랑말랑한 힘』『눈물을 자르는 눈꺼풀처럼』, 산문집 『눈물은 왜 짠가』『섬이 쓰고 바다가 그려주다』 등을 썼습니다. 권태응문학상, 오늘의 젊은 예술가상, 김수영문학상, 박용래문학상, 애지문학상, 윤동주문학대상 등을 받기도 했습니다.

그린이 **송선옥** 이야기를 만들고 그림을 그립니다. 쓰고 그린 책으로 『내가 안아 줄게』『다람쥐 로로』『토끼 그라토』『상자가 좋아』『딱 맞아』 등이 있고, 그린 책으로 『토마토 기준』『고양이 2424』『달걀귀신』『덜덜이와 붕붕이』 등이 있습니다.

내 눈에 무지개가 떴다

2025년 2월 26일 1판 1쇄

지은이 함민복 | 그린이 송선옥
편집 장슬기, 윤설희, 최경후, 이여름 | 디자인 김재미 | 제작 박흥기
마케팅 양현범, 이장열, 김지원 | 홍보 조민희
인쇄 코리아피앤피 | 제책 책다움
펴낸이 강맑실 | 펴낸곳 (주)사계절출판사 | 등록 제406-2003-034호
주소 (우)10881 경기도 파주시 회동길 252
전화 031)955-8588, 8558 | 전송 마케팅부 031)955-8595 편집부 031)955-8596
홈페이지 www.sakyejul.net | 전자우편 literature@sakyejul.com | 블로그 blog.naver.com/skjmail
페이스북 facebook.com/sakyejulkid | 인스타그램 instagram.com/sakyejulkid

ISBN 979-11-6981-355-6 74810
ISBN 978-89-5828-839-8 (세트)

어린이 마음에 단비를 내려 주는
사계절 동시집